20989

LETTRES PATENTES

DU ROY,

PORTANT que les Coûtumes du Baillage de Verdun & les Usages locaux de la Ville de Toul y inserées, seront observées.

Données à Versailles le 30. Septembre 1747.

Régiſtrées en Parlement le 7. Décembre ſuivant.

A METZ,

De l'Imprimerie de FRANÇOIS ANTOINE, Imprimeur du Roy & de Noſſeigneurs de Parlement, ruë du petit Paris, derriere Saint Sauveur.

M. DCC. XLVIII.

LETTRES PATENTES
DU ROY,

Portant que les Coûtumes du Baillage de Verdun & les Usages locaux de la Ville de Toul y insérées, seront observées.

OUIS PAR LA GRACE DE DIEU, ROY DE FRANCE ET DE NAVARRE : A nos amés & féaux Conseillers les Gens tenans notre Cour de Parlement à Metz, SALUT. Par notre Déclaration du vingt-quatre Février mil sept cens quarante-un, Nous avons ordonné, pour les causes y contenuës, qu'il seroit incessamment procédé à la vérification & rédaction des Usages locaux du Baillage de Toul, & à la réformation de la Coûtume de Verdun, en présence, & du consentement des Gens des Trois-Etats des Lieux assujettis à leur observation, & Nous avons

commis à cet effet, par nos Lettres Patentes du vingt-ci
Avril enfuivant, Notre amê & féal Confeiller en notredi
Cour, le Sieur LANÇON, lequel auroit en conféquence pr
cedé à la vérification & rédaction defdits Ufages locaux d
Toul, le vingt-troifiéme Avril mil fept cens quarante-deux
& à la réformation de ladite Coûtume de Verdun, le ving
Février mil fept cens quarante-trois : Après avoir fait examin
en notre Confeil les Articles contenus dans ladite rédaction
& y avoir fait les changemens que Nous avons crû convenabl
pour leur plus grande perfection ; Nous nous portons volontie
à confirmer un Ouvrage fi utile à nos Sujets defdits Pays.
CES CAUSES, & autres à ce Nous mouvans, de l'av
de notre Confeil, & de notre certaine fcience, pleine puiffanc
& autôrité Royale, Nous avons par ces Préfentes fignées d
notre main, dit, déclaré & ordonné ; difons, déclarons & o
donnons, voulons & Nous plaît, que les Coûtumes du Baillag
de Verdun, & les Ufages locaux de Toul, vérifiés & ré
digés par notredit Commiffaire, foient gardés, obfervés &
entretenus, à compter du jour de la Publication des Prefentes
ainfi qu'il enfuit.

COUTUMES GENERALES
DE LA VILLE DE VERDUN,
& Pays Verdunois, &c.

USAGES LOCAUX
DE LA VILLE DE TOUL,
ET PAYS TOULOIS.

TITRE PREMIER.

DES FIEFS.

ARTICLE PREMIER.

LES Fiefs peuvent être vendus, aliénés & hipotequés, pour le tout ou partie, fans permiffion ni confentement du Seigneur féodal.

ART. II.

Ils fe partagent *ab inteftat* comme les biens de Roture, fuivant leur qualité d'acquêts ou de propres, fans aucun préciput ni droit d'aîneffe.

ART. III.

Ils ne font point fujets au Retrait féodal.

ART. IV.

Toutes & quantes fois que le Fief eft ouvert, ou qu'il y a

mutation du Seigneur féodal, le Vaſſal eſt tenu de lui rend
foy & hommage, dans l'an & jour, & il ne doit que la bouch
& les mains.

A R T.   V.

A défaut de repriſe, le Seigneur féodal peut après ledit rems
en vertu d'une Commiſſion particuliere du Juge, faire ſaiſir l
Fief mouvant de lui, & en faire les fruits ſiens pendant la mai
miſe.

A R T.   V I.

La Saiſie féodal n'a effet que pour trois ans, aprés lequel tem
elle doit être renouvellée.

A R T.   V I I.

Le Vaſſal qui a été reçù à foy & hommage, doit auſſi à peine
de Saiſie fournir dans les quarante jours à ſon Seigneur féodal
le dénombrement de tout ce qu'il tient de lui en Fief, mais la
Saiſie en ce cas, n'emporte la perte des fruits, & le Commiſſaire
établi doit en rendre compte au Vaſſal, après le dénombrement
fourni.

A R T.   V I I I.

Chaque Vaſſal ne doit dénombrement qu'une fois en ſa vie.

A R T.   I X.

Après le dénombrement fourni, le Seigneur féodal eſt tenu
de le blâmer dans quarante jours, autrement il eſt tenu pour reçû.

A R T.   X.

Tous Héritages ſont préſumés libres & allodiaux, ſi le contraire n'eſt prouvé par Titres.

TITRE SECOND.

Des Droits des Hauts-Justiciers.

A r t. XI.

LA Confiscation de corps emporte celle des biens au profit des Hauts-Justiciers, sauf les cas où la confiscation apartient au Roy, privativement ausdits Seigneurs, suivant les Ordonnances.

A r t. XII.

Les Hauts-Justiciers, ne peuvent avoir qu'un seul Colombier dans l'étenduë de leur Haute-Justice, & s'il y a plusieurs Seigneurs, le Colombier apartient à celui qui a la plus forte portion, s'il n'y a titre ou possession au contraire.

TITRE TROISIEME.

De la Communauté entre Mary & Femme.

A r t. XIII.

LA Communauté de biens entre le Mari & la Femme, se contracte sans stipulation, par la seule célébration de leur Mariage, & incontinent après, ils sont communs en tous biens, meubles, & conquêts immeubles, quand même la Femme ne seroit pas dénommée au Contrat d'acquêt.

A r t. XIV.

Immeubles donnés ou légués à l'un des Conjoints durant le

Mariage, entrent en Communauté, à moins que la donation o
legs, ne foit faite en ligne directe, ou, à condition qu'il fero
propre au Donataire ou Légataire.

Art. XV.

Les dettes paffives mobiliaires dûës par les Conjoints avan
leur Mariage, entrent en la Communauté, s'il n'y a par u
Contrat de Mariage, claufe de féparation de dettes; & dans c
cas, s'il y a Inventaire fait ou reconnu pardevant Notaire o
Tabellion avant la Bénédiction nuptiale, ou le même jour, de
effets mobiliers aportés par celui des Conjoints du chef duqu
procédent les dettes, l'autre Conjoint en demeure quitte, e
reprefentant aux Créanciers le contenu en l'Inventaire, ou l'e
timation d'icelui.

Art. XVI.

La convention faite entre les Conjoints de payer féparemen
leurs dettes contractées avant le Mariage, a fon exécution entr
eux & leurs Héritiers, foit qu'il y ait Inventaire ou non.

Art. XVII.

Le Mari eft Chef & Maître de la Communauté, & des ac
tions mobiliaires & poffeffoires de fa Femme, il eft adminiftra
teur de fes biens, & peut en paffer des Baux fans fraude, pou
neuf années, lefquels doivent, après le décès du Mari, être en
tretenus par la Femme, ou par les Héritiers d'icelle.

Art. XVIII.

Il ne peut vendre, échanger, hipotequer, ou autrement alié
ner les propres de fa Femme, fans fon confentement exprès, &
icelle par lui dûëment autorifée à cet effet.

ART

ART. XIX.

Il ne peut auſſi par aucun acte fait avant ou durant le Mariage, engager ſa Femme ſans ſon conſentement, que juſqu'à la concurrence de ce qu'elle ou ſes héritiers amendent de la Communauté, mais en cas de conteſtations ſur le produit de ladite Communauté, la vérification, qui eſt à la charge de la Femme ou de ſes héritiers, ne peut s'en faire que par un Inventaire public fait ſans fraude, après le décès de l'un des conjoints.

ART. XX.

Le Mari peut diſpoſer par actes entre-vifs, des meubles & conquêts de la Communauté, mais il ne peut donner que ſa part en icelle, par Teſtament ou Ordonnance de derniere volonté.

ART. XXI.

La Femme ne peut s'obliger, ni vendre, aliéner ou hipoteguer ſes héritages, ſans l'autorité & conſentement exprès de ſon Mari, à peine de nullité du Contrat, tant pour le regard d'elle, que pour ſon Mari, & elle n'en peut être pourſuivie, ni ſes héritiers, après le décès de ſondit Mari.

ART. XXII.

Mais la Femme Marchande publique, qui exerce un autre commerce que celui de ſon Mari, peut s'obliger ſans ſon conſentement, pour le fait & dépendance dudit commerce ſeulement.

ART. XXIII.

La Femme ne peut procéder en Jugement, ſans le conſentement & autoriſation par écrit de ſon Mari, ſi elle n'eſt autoriſée ou ſéparée par Juſtice, & la ſéparation exécutée.

B

A R T. XXIV.

Après le trépas de l'un des Conjoints, la Communauté se partage par moitié, & sans aucun préciput, ni prélevement, entre le survivant & les Enfans ou héritiers du prédécédé, & la part avenuë ausdits Enfans & héritiers dans les immeubles, leur est propre.

A R T. XXV.

Les fruits non séparés du fonds, au tems de la dissolution de la Communauté, apartiennent au Propriétaire de l'héritage, à charge d'indemniser la Communauté, de la moitié des cultures & semences.

A R T. XXVI.

Si pendant le Mariage, il est aliéné quelque immeuble de l'un ou de l'autre des Conjoints, ou s'il est fait rachapt ou transport d'une rente qui leur soit propre, le remploy, au profit de celui auquel apartenoit l'héritage ou rente, s'en fait de plein droit, sans stipulation, sur les biens de la Communauté, & s'ils ne suffisent pas pour le remploy prétendu par la Femme, ou par ses héritiers, le surplus se prend sur les biens du Mari; à l'effet de quoi, l'hypoteque est acquise sur iceux à la Femme ou à ses héritiers du jour de la célébration ou du Contrat de mariage, s'il y en a eu de passé.

A R T. XXVII.

La recompense à cause des bâtimens, améliorations & augmentations faites sur les immeubles des Conjoints, est également dûë sans stipulation, du jour du Contrat de mariage, & s'il n'y en a, du jour de la célébration du Mariage; eû égard à ce dont l'héritage est augmenté au tems de la dissolution de la Communauté.

Art. XXVIII.

L'indemnité du payement des dettes immobiliaires eft auffi dû de droit, du jour du Contrat de mariage, & s'il n'y a point de Contrat, du jour de la célébration du Mariage.

Art. XXIX.

Il eft permis à la Femme, en cas de diffolution de la Communauté, d'y renoncer, au moyen de quoi elle reprend fes biens propres; elle eft exempte des dettes de la Communauté, & indemnifée par les héritiers de fon Mari, de celles aufquelles elle auroit pû s'être obligée, & cette faculté de renoncer eft tranfmife aux héritiers de la Femme, avec les mêmes avantages, le tout fans ftipulation.

Art. XXX.

Quand l'un des Conjoints vient à décéder, & laiffe un ou plufieurs enfans mineurs de fon Mariage avec le furvivant, fi celui-ci ne fait faire Inventaire (avec légitime contradicteur) des biens qui étoient communs durant le Mariage; lefdits mineurs peuvent demander la continuation de la Communauté, auquel cas les enfans majeurs, s'il y en a, y participent auffi.

Art. XXXI.

Lorfque l'Inventaire eft fait, clos & affirmé, dans les trois mois, du jour de la mort du prédécédé, la Communauté eft diffoute du jour du décès.

Art. XXXII.

Et fi le furvivant néglige de faire ladite affirmation, dans les trois mois, la Communauté ne fera diffoute, que du jour qu'elle aura été faite, & fera tenu le furvivant d'affirmer qu'il n'y a eû aucune augmentation depuis l'Inventaire, ou s'il en eſt ſurvenu, d'y ſupléer par une addition d'Inventaire, qu'il affirmera, conjointement avec ledit Inventaire, le tout avec un contradiċteur légitime.

A r t. X X X I I I.

Si le ſurvivant paſſe à de ſecondes nôces, ſans avoir fait procéder audit Inventaire, & ſans l'avoir affirmé, la continuation de Communauté, ſi elle eſt demandée, comme il eſt dit ci-deſſus, aura lieu par tiers; ſavoir, un tiers aux enfans du premier Mariage, un tiers pour le Conjoint qui s'eſt remarié, & un tiers pour l'autre Conjoint; & en cas que le partage ne ſe faſſe qu'après la mort du Conjoint qui s'eſt remarié, le tiers qui auroit dû lui revenir, ſera partagé comme le ſurplus de ſa ſucceſſion entre ſes enfans, tant du premier que du ſecond Mariage.

A r t. X X X I V.

Et s'il y a continuation de Communauté pendant un troiſiéme Mariage, le partage s'en fera par quarts entre les enfans du premier Mariage, ceux du ſecond, le ſurvivant, & l'autre Conjoint du troiſiéme Mariage, en obſervant l'ordre porté par l'article précédent, & ainſi à proportion, s'il y a des Mariages ſubſéquens.

A r t. X X X V.

La part des enfans qui décédent pendant la continuation de Communauté, accroit aux ſurvivans du même lit.

A r t. X X X V I.

Le deüil de la Femme ſurvivante lui eſt dû ſuivant ſon état par les héritiers de ſon Mari.

A r t. X X X V I I.

Le Doüaire coûtumier n'a lieu que dans les ſeuls Villages

d'Ourches & de Naives; il confifte en l'ufufruit de la moitié de tous les immeubles que le Mari poffedoit lors de fon Mariage, & en la moitié de ceux qui lui font échus depuis en ligne directe feulement.

A r t. XXXVIII.

Et la Veuve eft faifie dudit doüaire, fans en faire demande en Juftice.

A r t. XXXIX.

Les Bagues & Joyaux fans ftipulation précife, & l'augment de dot, ne font point dûs.

A r t. XL.

Inftitution d'héritier faite par Contrat de mariage eft valable.

A r t. XLI.

La Femme qui paffe à de fecondes nôces avant l'année de deüil, n'eft point fujette aux peines établies par le Droit écrit.

TITRE QUATRIE'ME.

Des Donations entre Mary & Femme.

A r t. XLII.

Donations faites entre Conjoints par Actes entre-vifs hors le Contrat de mariage, ne produifent aucun effet, à moins qu'elles ne foient expreffement rapellées & confirmées par Teftament.

A r t. XLIII.

Les Conjoints peuvent néanmoins étant en fanté, à peu près

égaux en âge, & en biens, & majeurs de vingt-cinq ans, [
faire donation mutuelle l'un à l'autre également de tous leur
biens, fans exception en pleine proprieté, pourvû qu'il n'y ai
Enfans, foit des deux Conjoints, ou de l'un d'eux, lors du décè
du prémourant.

ART. XLIV.

Il fuffit pour l'égalité d'âge, qu'il n'y ait pas plus de dix an
de difference entre les deux Conjoints.

ART. XLV.

Le Don mutuel doit être fait par un feul & même Contra
paffé pardevant Notaires ou Tabellions, après quoi la donatior
n'eft révocable que du confentement des deux, & par Acte
entre-vifs, & doit ledit Don mutuel être infinué dans les quatr
mois, auquel cas il aura effet du jour de fa datte, pourra néan
moins être infinué après ledit délay pendant la vie des deux
Conjoints : mais en ce cas, il n'aura effet contre les tiers que d
jour de l'infinuation.

ART. XLVI.

Si le Mari n'a point fait infinuer le Don mutuel pendant f
vie, la femme pourra y fupléer dans les quatre mois qui fuivron
le décès de fon Mari, auquel cas le Don mutuel aura effet contr
les héritiers dudit Mari.

ART. XLVII.

Le Don mutuel en proprieté, faifit & n'eft point fujet à déli
vrance, mais le contraire s'obferve lorfqu'il n'eft qu'en ufufruit
& alors le furvivant Donataire mutuel eft tenu de donner caution
& d'avancer les frais funeraires du prédécédé, & fa part dans
les dettes communes jufqu'à la concurrence des biens qui entrent
dans ledit ufufruit, defquelles avances il eft tenu compte audit
furvivant fur les biens dont il jouira.

TITRE CINQUIE'ME.

Des Mineurs, Tuteurs & Curateurs.

ART. XLVIII.

ENfans procréés en legitime Mariage, font en la puiffance de leur Pere, Mere ou Tuteur jufqu'à ce qu'ils foient mariés, émancipés par Juftice, ou qu'ils ayent atteint l'âge de vingt-cinq ans accomplis.

ART. XLIX.

Les difpofitions du Droit écrit, quant aux effets de la puiffance paternelle, ne font point en ufage.

ART. L.

On donne aux Mineurs de vingt-cinq ans un Tuteur & un Curateur, mais ce dernier n'a aucune adminiftration : Ses fonctions font d'affifter avec le Tuteur à l'inventaire & à la vente des meubles, au partage de leurs biens avec leurs Co-héritiers majeurs, de défendre les mineurs, lorfqu'ils ont quelques differens, ou quelques droits à régler contre leurs Tuteurs, & enfin de veiller à l'adminiftration du Tuteur.

ART. LI.

Quand le Tuteur devient infolvable, par le fait ou la négligence du Curateur, celui-cy eft tenu perfonnellement de l'action de Tutelle, difcution préalablement faite des biens du Tuteur.

ART. LII.

Le Tuteur a fix mois pendant toutes les années de la Tutelle pour placer les deniers de fon Pupil.

Art. LIII.

Le Tuteur n'a hipotéque fur les biens de fon mineur, que du jour de la clôture de fon compte, & il ne lui eft dû d'intéré pour les avances par lui faites pour mineur, que du jour de la demande par lui formée après la clôture dudit compte.

Art. LIV.

Le mineur qui eft fous la Tutelle de fon Pere, ou de fa Mere ou autre, peut obtenir des Lettres d'émancipation, lorfqu'il a atteint l'âge de dix-huit ans, & qu'il eft capable d'adminiftrer fes biens.

Art. LV.

Ceux qui élifent les Tuteurs, ne font point refponfables de leur mauvaife adminiftration, fi ce n'eft qu'ils ayent élû un Tuteur notoirement infolvable.

TITRE SIXIE'ME.

DES TESTAMENS.

Art. LVI.

LEs Teftamens publics & les Olographes font feuls admis.

Art. LVII.

Pour la validité des Teftamens publics & des Ordonnances de derniere volonté qui ne font pas Olographes, il eft requis qu'ils foient reçûs par deux Notaires ou Tabellions, ou par un Notaire ou Tabellion, en préfence de deux témoins, que l'un defdits Notaires ou Tabellions écrive les dernieres volontés du

Teftateur,

Teftateur, telles qu'il les dictera, qu'il lui en donne enfuite lecture & en faffe mention expreffe, que le Teftateur figne, enfemble les deux Notaires ou Tabellions, ou le Notaire ou le Tabellion & les deux témoins, & en cas que le Teftateur déclare qu'il ne fçait ou ne peut figner, qu'il en foit fait également mention.

Art. LVIII.

Pourront auffi les Teftamens être reçus par le Curé du Teftateur, en préfence de deux témoins. & dans la forme cy-deffus excepté cependant dans la Ville de Toul.

Art. LIX.

Les Teftamens & ordonnances de derniere volonté olographes doivent être entierement écrits, dattés des jours, mois & ans, & fignés de la main de celui qui les aura fait.

Art. LX.

Il eft permis de difpofer par Teftament de la totalité de fes propres, ainfi & de même que de fes autres biens.

Art. LXI.

L'inftitution d'héritier ayant lieu audit Païs, celui qui eft inftitué feul héritier, quant aux propres paternels ou maternels, ou pour quelqu'autres biens que ce foit, prend la totalité de la Succeffion à titre univerfel.

Art. LXII.

L'âge pour tefter des biens meubles, eft de vingt ans accomplis pour les mâles, & dix-huit ans pour les femelles, & s'ils font mariés, ils en peuvent tefter avant ledit âge : Quant aux Contrats de conftitution & aux immeubles, l'on ne peut en difpofer qu'à vingt-cinq ans accomplis, & jufqu'audit âge de vingt-

C

cinq ans, la difpofition teftamentaire ne vaudra que comm
Codicile.

Art. LXIII.

L'âge des Témoins prefens à la confection defdits actes, e
de vingt ans accomplis.

Art. LXIV.

Les Exécuteurs teftamentaires font faifis pendant l'an & jou
de tout ce qui eft mobilier au tems du décès du Teftateur,
moins que ledit Teftateur n'ait ordonné qu'ils fuffent faifis d
fommes certaines feulement.

Art. LXV.

Les héritiers inftitués peuvent obliger l'Exécuteur teftamen
taire de leur remettre lefdits biens meubles, en le nantiffant d
ceux legués, ou de la fomme à laquelle fe trouveront monter le
Legs faits par le Teftateur.

Art. LXVI.

Et font lefdits Exécuteurs teftamentaires tenus de faire Inven
taire auffi-tôt que le teftament eft venu à leur connoiffance, l'héri
tier prefent ou dûëment apellé, & de rendre compte audit héritie
de leur exécution après ledit an & jour.

TITRE SEPTIE'ME.

De la Succeffion ab inteftat.

Art. LXVII.

LES rentes conftituées font reputées meubles, & y fuccede
l'héritier mobiliaire.

A r t. L X V I I I.

Quant aux propres, ils apartiennent aux héritiers les plus proches de la ligne d'où ils procédent, encore qu'ils ne foient les plus proches parens du défunt, & qu'ils ne foient pas defcendus de celui qui a mis les héritages dans la famille.

A r t. L X I X.

A défaut d'héritier de la ligne, d'où les héritages procédent; les propres apartiennent alors à l'héritier des meubles & acquêts.

A r t. L X X.

Propres ne remontent point, & les Pere ou Mere ou autres afcendants ne peuvent y fucceder qu'en qualité d'héritiers des propres, lorfqu'ils fe trouvent les plus proches du côté & ligne, d'où viennent lefdits propres, fans que la qualité de Pere ou Mere, ou autres afcendants puiffe leur donner de préference fur les autres Collateraux de ladite ligne, qui feroient plus proches ou au même degré.

A r t. L X X I.

Les Pere, Mere, Ayeul ou Ayeule, fuccedent ès chofes par eux données par Contrat de mariage, ou autrement, à leurs Enfans & Petits-enfans qui décedent fans defcendans d'eux.

A r t. L X X I I.

Toutes-fois l'Ayeul ou l'Ayeule, pendant la vie de leur Enfant, qui étoit Pere ou Mere du Donataire décedé, ne fuccedent aux chofes par eux données, à moins qu'il n'y ait ftipulation expreffe au contraire par l'acte de donation.

A r t. L X X I I I.

Si le Fils qui a fait acquifition de quelques immeubles vient

à déceder, laiffant lefdits héritages à fon Enfant, & ledit Enfa
décede après fans defcendans de lui & fans Frere & Sœur, l'Aye
ou l'Ayeule fuccedent aufdits héritages à l'exclufion de to
Collateraux.

Art. LXXIV.

Il n'eft pas néceffaire d'apeller les Créanciers, les Légatair
ny les Fidei-commiffaires à la confection de l'Inventaire auqu
l'héritier beneficiaire eft tenu de faire procéder.

Art. LXXV.

Tout héritier grêvé de fubftitution perd la quarte trébelliar
que, s'il néglige de faire procéder à un Inventaire.

Art. LXXVI.

La femme dont la dotte a été diffipée par le Mari, eft ten
de la raporter, lorfqu'elle vient en partage avec fes Freres
Sœurs, & il ne lui fuffit pas de raporter l'action qu'elle a cont
fon Mari.

Art. LXXVII.

Les Enfans naturels ne fuccedent point.

TITRE HUITIE'ME.

DU RETRAIT LIGNAGER.

Art. LXXVIII.

SI quelqu'un vend un héritage foit de fief ou de rôture,
une rente fonciere non rachetable venans de fa ligne, à u
perfonne qui n'en eft pas, il eft permis à fes parens du côté
ligne dont l'héritage ou rente lui eft propre, de le retire

en rembourfant l'Acquereur du prix principal , vins , frais & loyaux coûts , impenfes & améliorations néceffaires.

ART. LXXIX.

L'héritage laiffé à rente rachetable eft fujet à retrait.

ART. LXXX.

L'immeuble échangé contre un propre , eft de même nature , & en cas de vente il eft auffi fujet à retrait.

ART. LXXXI.

En échange , s'il y a foulte excédente la valeur de la moitié , l'héritage eft fujet à retrait pour portion de la foulte; mais fi elle eft moindre , il n'y a lieu au retrait.

ART. LXXXII.

Les héritages abandonnés & déguerpis fur declaration d'hipotéque , & ceux vendus par décrets & par licitations font pareillement fujets à retrait.

ART. LXXXIII.

Si l'héritage fort de ligne par l'échange qui en eft fait lors d'un partage contre des effets mobiliaires , il eft fujet à retrait.

ART. LXXXIV.

Si aucun acquiert de fon parent un héritage propre de fon côté & ligne , retrait n'a lieu , mais s'il le revend à un étranger de la ligne , l'héritage eft fujet à retrait dans l'an & jour de la nouvelle vente , auquel cas le premier vendeur le peut auffi retraire.

ART. LXXXV.

Dans tous les cas où l'héritage vendu , & mis hors la ligne, aura été revendu pendant l'année du retrait, le prix fera remboursé fur le pied du premier Contrat, s'il n'y a fraude dans la convention du prix, fauf le recours des Acquereurs les uns contre les autres, s'il y écheoit.

Art. LXXXXVI.

S'il eft vendu par un même Contrat, & pour un feul prix des biens propres & acquêts, le Lignager ne peut fe préfenter qu'au retrait des propres, mais l'Acquereur peut l'obliger de retirer le tout, & au cas que ledit Acquereur ne le juge pas à propos, il fe fait ventillation pour régler la valeur des propres fujets à retrait, ce qui a pareillement lieu pour les Contrats d'échange où il y a foulte de plus de moitié.

Art. LXXXVII.

Si pendant le mariage, il eft acquis un héritage propre au vendeur, & que l'un des conjoints lui foit parent lignager du côté dont l'héritage lui eft avenu, ledit héritage n'eft fujet à retrait, mais après la diffolution du mariage, celui qui eft lignager, ou fes héritiers peuvent en retirer la moitié dans l'an & jour fur celui qui n'eft en ligne ou fur fes héritiers, s'ils ne font pas lignagers du vendeur, en payant par le Retrayant la moitié du prix des frais & loyaux coûts, enfemble des augmentations & améliorations, & impenfes utiles faites pendant ladite Communauté.

Art. LXXXVIII.

Et au cas que celui qui eft lignager ou fes héritiers n'exercent point le retrait du my-denier, les autres parens lignagers peuvent retirer dans l'an & jour du partage de la Communauté, la part & portion de l'héritage fortie de la ligne par ledit partage.

ART. LXXXIX.

Le parent lignager qui fait ajourner le premier en retrait, est préferé à tous autres, quoyque plus prochain; mais si deux lignagers sont concurrens du même jour, le plus prochain est préferé, encore qu'il eût été prevenu de l'heure.

ART. XC.

Si deux lignagers égaux en degré se presentent le même jour au retrait, ils partagent également le bien retiré, sauf à le faire liciter entr'eux.

ART. XCI.

Le retrait n'a lieu, si le Retrayant est hors du septiéme degré.

ART. XCII.

La qualité d'Enfant ou d'héritier présomptif du vendeur n'exclut point du retrait.

ART. XCIII.

Quand l'Acquereur qui n'est pas de la ligne a des Enfans ou petits-Enfans qui en sont, retrait n'a lieu, ce qui s'observe dans tous les cas du retrait.

ART. XCIV.

Qui n'est habile à succeder, ne peut venir à retrait lignager, si l'incapacité est absoluë.

ART. XCV.

L'action en retrait lignager doit être intentée dans l'an & jour, à compter de la datte du Décret ou du Contrat de vente ou partage passé devant personne publique, ou de l'insinuation du Contrat de vente sous seing privé, & il n'est point nécessaire que les délais de l'assignation échoient dans l'an & jour.

Art. XCVI.

L'an & jour du retrait court contre le mineur fans reftitutic

Art. XCVII.

Il fuffit, pour exercer valablement le retrait, que le Retraya déclare par acte à l'Acquereur, qu'il veut rentrer dans t€ biens fortis de fa ligne, & l'interpelle de les lui abandonner p droit de retrait lignager, aux offres de rembourfer le prix, vins, frais, loyaux coûts, impenfes & améliorations néceffaire à l'effet de quoy il doit lui offrir une piéce d'or ou d'argen avec foumiffion de parfournir après la repréfentation du Contu de vente.

Art. XCVIII.

Il n'y a aucun terme de rigueur dans les formalités du retra lignager, & l'on peut en fubftituer d'autres équivalens.

Art. XCIX.

L'original & la copie de l'exploit, doivent être fignés du R trayant, ou d'un Procureur fondé, & de deux témoins ou reco en préfence defquels les offres font faites par l'Huiffier.

Art. C.

Si les offres ne font pas acceptées, l'affignation peut être do née par le même exploit, pardevant le Juge du domicile € l'Acquereur, ou celui dans la Jurifdiction duquel l'héritage € fitué, pour voir declarer lefdites offres valables, & il n'eft p néceffaire de les réalifer de nouveau aux actes de la caufe.

Art. CI.

Lorfque les offres font acceptées, ou que le retrait eft adjuç par Sentence, le Retrayant doit (trois jours après que l'Acqu
ICL:

reur a mis son Contrat au Greffe, Partie présente ou dûëment apellée,) rembourser le prix de l'héritage ou rente fonciere aux termes du Contrat; en tout cas, en faire des offres réelles, & à deniers à découverts, & au refus par l'Acquereur de les accepter, faire la consignation desdits deniers, ledit Acquereur présent ou dûëment apellé ; le tout à peine de décheance.

A r t. C I I.

Si par le Contrat d'aliénation, il est accordé des termes à l'Acquereur, pour le payement, le Retrayant aura les mêmes termes en donnant par lui caution de rendre indemne ledit Acquereur.

A r t. C I I I.

Le Retrayant est tenu d'affirmer, s'il en est requis, qu'il fait le retrait pour lui & non pour autre, & l'Acheteur, qu'il a réellement payé le prix stipulé par le Contrat de vente, s'il en est requis.

A r t. C I V.

Si le Retrayant forme le retrait avant la récolte, il est tenu de payer l'interêt du jour du Contrat, ensemble les frais de cultures & de semences, s'il en a été fait & fourni par l'Acquereur, au moyen de quoy il a tous les fruits, & si le retrait ne se fait qu'après la récolte, ledit Acquereur est tenu de répartir au Retrayant une partie desdits fruits par lui perçûs, *au prorata* de ce qui reste à s'écouler de l'année du retrait, si mieux il n'aime ne toucher aucuns interêts, & quant aux fruits civils, ils sont partagés entre le Retrayant & l'Acquereur, *au prorata* du tems qu'ils ont possedé chacun pendant ladite année du retrait.

A r t. C V.

L'Acquereur ne peut faire pendant l'an & jour du retrait,

D

aucuns bâtimens ou réparations, s'ils ne font néceffaires; & s'il détériore l'héritage, ou fait des récoltes ou des coupes de bois avant le tems ordinaire, il est tenu de payer les dommages & intérêts du Retrayant.

ART. CVI.

Dans les cas du décès *ab inteftat* d'un Retrayant, l'héritage par lui retiré apartient à fon héritier des propres de la ligne, dont est venu ledit héritage, en rendant par lui, dans l'an & jour du décès, à l'héritier des acquêts, le prix dudit héritage.

TITRE NEUVIE'ME.

DES SERVITUDES.

ART. CVII.

LES fervitudes urbaines & ruftiques s'acquierent fans titre par la prefcription, l'affranchiffement s'en acquiert demême.

ART. CVIII.

Quelque longue que foit la poffeffion fans titre, à l'égard des jours & ouvertures fur le fond du voifin, celui qui joiiit de la fervitude doit mettre en cas de plaintes fes jours ou ouvertures à verre dormant & à fer maillé.

ART. CIX.

Tout Propriétaire d'un fond peut faire bâtir & édifier deffus & deffous & y faire puits, aifances & citernes, s'il n'y a titre au contraire.

Art. CX.

En cas de cónstruction d'Etable ou Ecurie contre un mur mitoyen, il doit être fait contre mur à chaux & à fable, de huit pouces d'épaiffeur, jufqu'à la hauteur de la mangeoire.

Art. CXI.

Celui qui veut pratiquer cheminées ou armoires dans le mur mitoyen, peut en prendre la moitié, même affeoir les jambages au-delà de cette moitié, pourvû que le voifin n'ait pas encore creufé de fon côté au même endroit, & à charge de réparer le mur du côté dudit voifin.

Art. CXII.

Aucun ne peut faire four, forge ou fourneau du côté du mur mitoyen, fans laiffer un demi pied d'intervale entre ledit mur mitoyen & le dehors du mur, du four, forge & fourneau, lequel dernier mur doit avoir un pied d'épaiffeur.

Art. CXIII.

Qui veut faire aifances, ou puits contre un mur mitoyen, doit faire un contre-mur d'un pied d'épaiffeur, & au cas que le voifin ait un puits de fon côté, celui qui fait aifances de l'autre côté, doit faire un mur de maçonnerie à chaux & fable, de quatre pieds d'épaiffeur compris celle des autres murs : entre deux puits, il fuffit qu'il y ait trois pieds de maçonnerie.

Art. CXIV.

Celui, dont le jardin ou autre lieu vuide eft plus élevé que le fol du voifin, & qui en eft feparé par un mur, foit mitoyen ou non, eft tenu de faire conftruire un contre-mur d'un pied d'épaiffeur, jufqu'à la hauteur de l'elevation de fes terres.

D 2

Art. CXV.

Il eſt permis de bâtir contre les gros murs non mitoyens, & d'y aſſeoir ſes poutres, en payant (avant de rien démolir ni bâtir) la moitié de la valeur deſdits murs juſqu'à la hauteur où l'on veut élever le nouveau bâtiment, & dans l'eſtimation deſdits murs, doit être compriſe la valeur du terrain ſur lequel ils ſont fondés, au cas que celui qui les a fait conſtruire l'ait pris en entier dans ſon héritage.

Art. CXVI.

Il eſt auſſi permis, s'il n'y a titre au contraire, d'élever à ſes dépens le mur mitoyen d'entre le voiſin ſans ſon conſentement, en payant les charges, pourvû que le mur ſoit ſuffiſant pour porter le ſurhauſſement, ſinon il faut que celui qui veut rehauſſer faſſe fortifier ledit mur & prenne l'épaiſſeur de ſon côté.

Art. CXVII.

Si le mur eſt bon pour clôture & de durée, celui qui veut bâtir deſſus, ne le trouvant ſuffiſant pour porter ſon bâtiment, eſt tenu de payer tous les frais de démolition & reconſtruction, & en ce faiſant, il ne payera aucunes charges, mais il les payera s'il s'aide dudit mur.

Art. CXVIII.

Les charges ſont de payer de ſix toiſes une, de ce que l'on a bâti au-deſſus de dix pieds.

Art. CXIX.

L'un des voiſins ne peut, ſans le conſentement de l'autre, faire faire un mur mitoyen, fenêtre ou vuë, en quelque maniere que ce ſoit.

Art. CXX.

Celui qui est seul propriétaire d'un mur joignant immédiatement l'héritage d'autrui, peut y ouvrir des fenêtres ou vuës à neuf pieds au-dessus du rez de chaussée quant au premier étage, & à sept pieds au-dessus des planchers pour les autres étages; le tout à fer maillé & verre dormant.

Art. CXXI.

Les ouvertures du fer maillé ne peuvent être que de quatre pouces en tous sens, & le verre dormant doit être attaché & scellé de façon qu'on ne puisse l'ouvrir.

Art. CXXII.

Aucun ne peut faire vuë droite sur son voisin, s'il n'y a six pieds de distance entre ladite vuë & l'héritage du voisin, & ne peut avoir vuë ayant son aspect de côté, s'il n'y a deux pieds de distance.

Art. CXXIII.

Lorsque la servitude de vuë droite sur le voisin est constituée par titre, & que le voisin veut bâtir sur son terrain, il doit laisser entre le mur & la vuë quatre pieds de distance; mais s'il n'y a pas de titre, & que la servitude soit seulement acquise par la prescription, le voisin n'est obligé de laisser que deux pieds pour l'usage de la vuë.

Art. CXXIV.

Il est permis (s'il n'y a titre au contraire) de percer & démolir le mur mitoyen pour se loger & bâtir, à charge de rétablir promptement ledit mur à ses dépens.

Art. CXXV.

Les maçons ne peuvent néanmoins toucher à un mur mitoyen pour le démolir, percer & reédifier, sans y apeller, par une simple signification, les voisins qui y ont interêt, & ce à peine de tous dépens, dommages & interêts, & rétablissement dudit mur.

ART. CXXVI.

Le voisin peut être contraint de contribuer au rétablissement du mur ou édifice commun qui menace ruine, pour la part qu'il peut y avoir.

ART. CXXVII.

Si les Propriétaires de deux maisons voisines posent leurs poutres au même endroit, chaque poutre ne peut excéder la moitié de l'épaisseur du mur mitoyen; mais si elles sont posées en differens endroits, elles peuvent comprendre les trois quarts de l'épaisseur dudit mur.

ART. CXXVIII.

Chacun peut contraindre son voisin dans les Villes de Toul & de Liverdun, de contribuer à la construction des murs de séparation de leurs cours & jardins, jusqu'à la hauteur de dix pieds compris le chaperon.

ART. CXXIX.

Hors desdites Villes, on ne peut contraindre le voisin à faire un mur de séparation, mais seulement à contribuer à la réparation & entretien des anciens murs, si mieux n'aime le voisin abandonner sa part dudit mur & la terre où il est assis.

ART. CXXX.

Tous murs séparans cours & jardins, sont reputés mitoyens, s'il n'y a titre ou marque au contraire.

Art. CXXXI.

Le voifin qui a cédé fa part du mur & le terrain où il eft affis pour s'exempter de contribuer à fa conftruction ou rétabliffement, peut en demander, quand bon lui femble la moitié, en rembourfant moitié du prix dudit mur & terrain, ce qui a auffi lieu à l'égard de la vuidange & entretien des anciens foffés mitoyens.

Art. CXXXII.

Lorfque les marques & témoins pofés dans un mur féparatif, font des deux côtés, il eft commun, & s'il n'y en a que d'un côté, il apartient à celui du côté duquel ils font.

Art. CXXXIII.

Le Pere de famille qui aliene partie de fa maifon, ou les Co-partageans doivent declarer nommément par le Contrat quelle fervitude ils retiennent, fur la portion qu'ils alienent, ou quelle ils conftituënt fur la portion qu'ils fe refervent.

Art. CXXXIV.

Deftination du Pere de famille ne vaut titre qu'autant qu'elle eft redigée par écrit.

Art. CXXXV.

Nul ne peut faire foffes à eaux & cloaques, s'il n'y a fix pieds de diftance en tous fens des murs mitoyens, ou apartenans aux voifins.

Art. CXXXVI.

L'opofition à la vente d'une maifon ou héritage par décret, eft neceffaire pour la confervation des fervitudes latentes.

TITRE DIXIE'ME.

DES PRESCRIPTIONS.

ART. CXXXVII.

Toute sprefcriptions pour acquerir le domaine & propriété d'un immeuble ou rente, & la libération des dettes hipotéques & actions perfonnelles, font indiftinctement fixées à trente années confécutives & accomplies, à l'exception des prefcriptions contre l'Eglife, les Hôpitaux & les Communautez, pour lefquelles il faut quarante ans de poffeffion.

ART. CXXXVIII.

La prefcription ne court point contre les mineurs ni contre le furieux & les infenfés aufquels a été établi Curateurs.

ART. CXXXIX.

Le Cens Seigneurial eft imprefcriptible, mais la quotité fe prefcrit par trente ans; les arrérages des Cens & rentes fonciéres ne peuvent être demandés que pour les vingt-neuf dernieres années & ceux des rentes conftituées que pour les cinq années auffi dernieres, à moins qu'il n'ait été fait un fimple commandemen pour les années précédentes.

ART. CXL.

Les loyers des maifons & le prix des baux à ferme, ne peuvent être demandés cinq ans après les baux expirés.

ART. CXLI.

Quoique la fimple reconnoiffance fuffife pour interrompre l
préfcriptio

prefcription à l'égard des rentes conftituées, le Créancier peut demander un titre public, & en ce cas il doit lui être fourni aux frais du débiteur.

A r t. C X L I I.

Si le débiteur opofe la prefcription du capital d'un contrat de rente, le Créancier peut exiger de lui le ferment décifoire fur le payement.

A r t. C X L I I I.

L'action redhibitoire pour le vice latent des beftiaux vendus, doit être intentée dans quarante jours, à compter de celui de la tradition.

T I T R E O N Z I E' M E.

Des Parcours, Pâturages & Police Champêtre.

A r t. C X L I V.

LES Habitans des Villes, Bourgs & Villages dont les bans font joignans & contigus, fans moyen, encore qu'ils foient de differentes Juftices, peuvent envoyer leurs troupeaux pâturer en vaine-pâture, les uns fur le ban des autres, jufqu'à l'endroit des clochers ou du milieu des Villages à défaut des clochers; fi ce n'eft qu'en aucuns lieux il y ait, par titres ou ufages particuliers, autres bornes ou arrefts.

A r t. C X L V.

Le parcours n'a lieu, quand pour l'exercer il faut transfiner, ou paffer fur un ban moyen; il n'a pareillement lieu lorfque les bans font féparés par bois ou riviere, le tout s'il n'y a titre ou ufage au contraire.

E

Art. CXLVI.

Sont reputés vaines-pâtures, les chemins, les bois non en deffenses, les prez après l'enlevement total des foins de chaque contrée, jusqu'au vingt-cinq Mars, les terres & autres héritages non enfemencés & ouverts, excepté ès tems que par l'ufage des lieux ils font en deffenses.

Art. CXLVII.

Il n'eft pas permis de mettre le Taureau bannal ny les Jumens & leurs Poulains dans les prez après ledit jour vingt-cinq Mars.

Art. CXLVIII.

Tous prez & héritages accoûtumés d'être gardés, ou en deffenses, doivent être tenus fermés, de même que ceux qui font fur les grands chemins des Villes, Bourgs & Villages, autrement n'y échet reprise, à moins que ce ne foit à garde faite.

Art. CXLIX.

La glandée apartient aux Propriétaires des bois, s'il n'y a titre ou pofleffion fuffifante au contraire.

Art. CL.

Il n'eft permis de mener dans aucun tems, les Porcs dans les prez, les Chevres & bêtes à laine dans les bois, ni aucuns beftiaux dans les vignes.

Art. CLI.

Les Habitans des Villes, Bourgs & Villages, peuvent mettre en embannie & referve, une partie de leur ban, foit en terres labourables, prez ou autres héritages pour y faire feulement pâturer les beftiaux employés à la culture des terres, laquelle embannie, ils font tenus de notifier aux Habitans qui ont droit de parcours fur leur ban, après quoi il n'eft plus permis à ces derniers d'y envoyer leurs beftiaux que l'embannie ne foit rompuë.

ART. CLII.

Ladite embannie doit fe faire de façon que le paffage ne foit fermé aux troupeaux des Villages voifins, allans & revenans des autres endroits du Finage fur lequel ils ont droit de parcours.

ART. CLIII.

Les amendes pour infraction d'embannie, & celles pour avoir transfiné, font les mêmes que pour les méfus ordinaires, & apartiennent également aux Hauts-Jufticiers & autres qui ont part aux amendes ordinaires.

ART. CLIV.

Pendant tout le tems que les terres font enfemencées, il n'eft permis de mener aucuns beftiaux dans les champs & prez qui y font contigus, que depuis la pointe du jour jufqu'au foleil couché.

ART. CLV.

Nul ne peut glaner dans aucuns champs, que les gerbes n'en ayent été enlevées, ni y mener aucuns beftiaux, qu'après l'enlevement des gerbes de tout le canton.

ART. CLVI.

Perfonnes autres que les ouvriers ne peuvent entrer dans les champs, pendant les moiffons, avant le foleil levé & après le foleil couché.

ART. CLVII.

Tous Porcs ou Chevres, doivent être remis à la garde du Pâtre, fans pouvoir les laiffer vaguer dans les ruës & chemins, à peine de cinq fols d'amende pour chacune bête.

A r t. C L V I I I.

Le Laboureur ou autre qui retourne avec charuës une
plufieurs royes des héritages voifins après la femence levée fe
ment, eft amendable de cinq livres par chacun renverfeme
fauf à lui à fe pourvoir en Juftice pour la prétenduë anticipa
faite fur fon champ.

A r t. C L I X.

Ceux qui paffent avec char ou charette dans les prez en
fenfes & dans les terres enfemencées hors le rems de la moi
& fenaifon font amendables; SAVOIR, pour chacune voi
à quatre rouës, de vingt fols, & de moitié pour celle à d
rouës; les perfonnes à cheval de trois fols, & celles à pied d'un

A r t. C L X.

Chacun des Ban-gardes jurés pour veiller à la conferva
des terres enfemencées, des prez, vignes & fruits, eft crû
reprifes par lui faites, à charge d'en faire fon raport au Gr
dans les vingt-quatre heures, & d'y énoncer le nom des perfor
reprifes s'il les connoît; le nombre & la qualité des bêtes a
reprifes, à qui elles apartiennent, le lieu, l'heure & à quel d
mage; fi c'eft de jour ou de nuit, à garde faite, par échapé
ou fi les bêtes étoient abandonnées; lefdits raports doivent
fignés du Ban-garde, ou y être fait mention qu'il ne fçait fig
& iceux infcrits dans un Regiftre particulier, paraphé du Ju
& depofé entre les mains du Maire ou Lieutenant de Maire
l'abfence du Greffier.

A r t. C L X I.

Les Ban-gardes feront tenus dans les vingt-quatre heu
d'avertir des reprifes par eux faites, les Propriétaires dans

héritages desquels les méfus ont été commis , ou leurs fermiers, comme aussi les particuliers repris , s'ils sont domiciliés dans le lieu ; desquels avertissemens lesdits Ban-gardes font crûs sur leur simple déclaration.

ART. CLXII.

Si aucun Forain est trouvé en méfus , les Ban-gardes doivent prendre gages de lui , s'il est possible, & les déposer au Greffe dans les vingt-quatre heures, & il n'en doit être donné main-levée, qu'en payant ou donnant caution réséante dans le lieu, pour sûreté de l'amende, des dommages & interêts & des dépens.

ART. CLXIII.

Et à défaut de raport, tous les Ban-gardes sont responsables solidairement , en leur pur & privé nom, des dommages & interêts des particuliers dont les héritages auront été endommagés.

ART. CLXIV.

Les Ban-gardes du Ban de Toul ne sont tenus des dommages & interêts en ce qui regarde les vignes, avant la clôture des grands chemins d'icelles.

ART. CLXV.

L'amende des méfus ordinaires, faits de jour, soit dans les héritages du Seigneur ou tous autres, est pour chacune bête par échapée de trois sols ; pour chacune bête abandonnée de quinze sols ; à garde faite de trente sols ; & de dix livres pour le troupeau entier.

ART. CLXVI.

Lorsque les méfus sont faits de nuit, lesdites amendes sont du double.

Art. CLXVII.

Ceux qui font repris en méfus doivent payer, outre l'amende, les dommages & interêts, fuivant la reconnoiffance & l'eftimation faite par Experts convenus ou nommés d'office.

Art. CLXVIII.

L'action à cet égard doit être intentée, & le dommage verifié avant la récolte de chacune efpéce de fruits, paffé lequel tems, le Propriétaire ou Fermier n'y eft plus recevable.

Art. CLXIX.

La condamnation en dommages & interêts eft folidaire contre tous ceux qui ont été repris en méfus dans le même endroit, lorfque la demande eft formée contre tous, & fi elle n'eft formée que contre un feul, il a fon recours contre les autres.

Art. CLXX.

Les amendes doivent être taxées chacune année, au plûtard pour le premier Décembre, à faute de quoi il ne peut être fait pourfuite contre les Maîtres, pour raifon des amendes encouruës par leurs domeftiques.

TITRE DOUZIEME.

DES SAISIES MOBILIAIRES.

Art. CLXXI.

LE Propriétaire d'une maifon laiffée à loyer, peut en vertu d'un bail exécutoire, ou en conféquence de la permiffion du Juge, faifir & exécuter fans commandement préalable, les meubles & effets de son locataire, étant en ladite maison, pour être payé des loyers échûs.

A r t. C L X X I I.

Les meubles du sous-locataire peuvent aussi être saisis & exécutés pour les loyers & charges du bail principal, mais la main-levée doit lui en être accordée, en payant par lui les loyers de ce qu'il a occupé.

A r t. C L X X I I I.

Les meubles n'ont point de suite par hipotéque.

A r t. C L X X I V.

Toutes-fois les Propriétaires peuvent suivre les meubles & effets de leurs locataires & fermiers exécutés, encore qu'ils soient transportés, pour être payés par préference de tous les loyers & fermages à eux dûs.

A r t. C L X X V.

Celui qui vend une chose mobiliaire, sans jour & sans terme, esperant en être payé promptement, peut la suivre & arrêter dans quelque lieu qu'elle soit transportée, pour être payé du prix de la vente.

A r t. C L X X V I.

Quand même il auroit donné terme, si la chose venduë se trouve saisie sur le débiteur par un autre Créancier, il peut en demander la distraction ou former l'opposition, afin d'être payé par préference du prix de la vente.

A r t. C L X X V I I.

Entre saisissans qui n'ont aucun privilege, celui qui a saisi le

premier eſt preferé ſur ce qui eſt échû & ſur ce qui écheoira
juſqu'à nouvelle ſaiſie faite par un autre Créancier.

A R T.   C L X X V I I I.

Mais en cas de faillite & de déconfiture, les premiers ſaiſiſſan
n'ont aucune préference, & la diſtribution ſe fait au ſol la livre
entre tous les Créanciers, ſauf néanmoins le privilege des ven
deurs ſur les meubles & effets par eux vendus, & des Marchand
ſur les marchandiſes non déballées, & dont le débit n'eſt pa
commencé.

A R T.   C L X X I X.

Le cas de la déconfiture eſt lorſque les biens du débiteur tan
meubles qu'immeubles, ne ſuffiſent pas aux Créanciers aparens

A R T.   C L X X X.

Le Créancier ſaiſi ſans fraude du meuble qui lui a été donné
en gage, y a privilege & ne vient point à contribution.

A R T.   C L X X X I.

Après le vingt-quatre Juin, les fruits non ſeparés du fond
ſont reputés meubles, à l'effet ſeulement de pouvoir être ſaiſ
ſur le Propriétaire ou Fermier.

A R T.   C L X X X I I.

Au ſurplus, & pour tous les autres cas, les diſpoſitions d
Droit Ecrit ſont ſuivies & ont force de Loix en ladite Ville d
Toul & Pays Toulois.

TOus leſquels Articles cy-deſſus tranſcrits, ſoit ſous
titre de Coûtumes générales de la Ville de Verdun & Pa
Verdunois, ſoit ſous celui d'Uſages Locaux de la Ville de To
& Pays Toulois : Voulons être gardés, obſervés & entreten
à l'aven

à l'avenir, ainfi que dit eft, en chacun defdits Pays refpectivement, fans néanmoins rien innover en ce qui concerne les fucceffions échûës, & difpofitions, actes ou demandes qui fe trouveroient d'une datte antérieure à la publication des Préfentes, à l'égard defquels les anciennes Coûtumes ou Ufages defdits Pays feront obfervés tels qu'ils ont eû lieu par le paffé, & à l'égard des autres points & Articles qui ont donné lieu à des débats, conteftations & opofitions, les avons renvoyés en notre Cour de Parlement de Metz, pour y être ftatué ainfi qu'il apartiendra : Voulons que les Procès-Verbaux dreffés par notredit Commiffaire foient remis au Greffe de notredite Cour, & y demeurent depofés, pour y avoir recours, fi befoin eft, le tout fans préjudice de nos droits, en tout ce qui pourroit y être contraire, comme auffi, fans préjudice de l'exécution de nos Ordonnances, ou de celles des Roys nos Prédéceffeurs. SI VOUS MANDONS & très-expreffément enjoignons que ces Préfentes vous ayez à faire enregiftrer, & le contenu en icelles garder, obferver & faire garder, obferver & exécuter felon leur forme & teneur, fans y contrevenir, ny permettre qu'il y foit contrevenu, en quelque forte & maniere que ce foit, & ce nonobftant toutes chofes à ce contraires, aufquelles Nous avons dérogé & dérogeons par cefdites Préfentes, pour ce regard feulement, & fans tirer à conféquence. Car tel eft notre plaifir. DONNE' à Verfailles le trentiéme jour du mois de Septembre, l'an de grace mil fept cens quarante-fept, & de notre Regne le trente-troifiéme. Signé LOUIS. Et plus bas, par le Roy. M. P. DE VOYER D'ARGENSON. Et fcellées du grand Sceau de cire jaune, pendant à fimple queuë de Parchemin.

Lûës, publiées & regiftrées ; Oüy, & ce requerant le Procureur Général du Roy, pour être exécutées fuivant

F

leur *forme* & *teneur* : Ordonne que Copies collationnées e
seront incessamment envoyées dans les Bailliages de *Toul* &
de *Verdun*, pour y être pareillement lûës, publiées, regiſtrées
& exécutées : Enjoint aux Subſtituts du Procureur General
du Roy d'y tenir la main, & d'en certifier la Cour au mois.
Fait à *Metz* en Parlement, Audience publique tenante, le
Jeudy ſeptiéme jour de Décembre mil ſept cens quarante-
ſept. Signé, *LACROIX.*

Collationné à l'Original par Nous Conseiller du
Roy, Sécretaire & Greffier en Chef, ſouſſigné.

PROCÉS-VERBAL

De Rédaction des Usages Locaux de la Ville de Toul & Pays Toulois.

L'AN mil sept cens quarante-deux, le quatorziéme du mois d'Avril, Nous NICOLAS-FRANÇOIS LANÇON, Conseiller du Roy en sa Cour de Parlement à Metz, Commissaire député par Sa Majesté pour la Vérification & Rédaction des Usages Locaux du Bailliage de Toul, Nous sommes transportés en ladite Ville de Toul, à l'effet d'y procéder à ladite Vérification & Rédaction, en exécution de la Déclaration du Roy du 24. Février 1741. regiftrée audit Parlement le 13. Mars suivant, & des Lettres Patentes du 25. Avril de la même année, desquelles Lettres Patentes la teneur suit.

LOUIS PAR LA GRACE DE DIEU ROY de France & de Navarre : A nos amez & féaux Conseillers, les Gens tenans notre Cour de Parlement à Metz ; SALUT. Par nos Lettres Patentes en forme de Déclaration du vingt-quatre Février 1741. & par vous enrégiftrées le treize Mars suivant ; Nous aurions ordonné que par le Conseiller de notredite Cour de Parlement de Metz qui seroit à ce commis & député par Lettres Patentes que Nous ferions expédier, il seroit inceßamment procédé à la Vérification & Rédaction des Usages Locaux du Bailliage de Toul, & à la Réformation de la Coûtume de Verdun, communément dite de Sainte Croix. A CES CAUSES, Nous avons commis & commettons par ces Présentes signées de notre main, notre amé & féal Nicolas-François Lançon, Conseiller en notredite Cour, pour vacquer inceßamment à la Vérification & Rédaction des Usages Locaux au Bailliage de Toul, & à la Réformation de la Coûtume de Verdun, & à cette fin se transf-

E 2

porter dans lesdites Villes de *Toul* & *Verdun*, y faire convoque
& assembler les Gens des Trois-Etats desdites Villes, Bailliages &
Lieux que l'on prétend devoir être assujettis à l'observation desdite
Coûtumes, lesquels à ce faire pourront être contraints ; Sçavoir, le
Gens d'Eglise par saisie de leur Temporel, & les Laïques par saisi
de leurs Biens, Meubles & Immeubles, & ce nonobstant toutes oposi
tions ou apellations quelconques & sans préjudice d'icelles, pour êtr
en la présence & du consentement des Gens desdits Trois-Etats, procéd
par notredit amé & féal Nicolas-François Lançon à rédiger, accorder
& si besoin est, muer, moderer, corriger, abroger, augmenter ou di
minuer lesdites Coûtumes ou partie d'icelles, dresser Procès-Verbal de
contestations, débats & opositions qui pourroient survenir à l'occasio
de ladite Rédaction, Vérification & Réformation, & rendre à cet égar
telles Ordonnances qu'il apartiendra, & être lesdites Ordonnances exécu
tées par provision, nonobstant opositions ou apellations quelconques
pour ensuite être lesdites Coûtumes autorisées & par Nous décretées e
vertu de Lettres Patentes que Nous ferons expédier à cet effet ; de c
faire donnons pouvoir à notredit amé & féal Nicolas-François Lançon
Si vous mandons, que ces Présentes vous ayez à faire lire, publier &
registrer, & le contenu en icelles garder, observer & exécuter suivan
leur forme & teneur : Car tel est notre plaisir. Donné à *Versailles*, l
vingt-cinquiéme d'*Avril*, l'an de grace, mil sept cens quarante-un
Et de notre Regne le vingt-sixiéme. Signé L O U I S. Et plus bas,
Par le Roy, de Breteüil. Et scellées du grand Sceau de cire jaune
pendant à queuë de Parchemin.

Et le seiziéme jour dudit mois, huit heures du matin, Nous nou
sommes rendus en la Salle de l'Hôtel Commun de ladite Ville, par Nous
indiquée pour tenir l'Assemblée des Trois-Etats du Ressort dudit Bailliage, où étant Nous avons fait faire lecture desdites Lettres Patentes
par Me. Dominique Bocquel, Avocat en Parlement, Greffier en Chef,
Civil & Criminel dudit Bailliage & Siége Présidial, & par Nous commis
Greffier de la Commission, après quoy Nous avons fait apeller par Claude-
François Estienne, premier Huissier Audiancier audit Présidial, tous ceux
desdits Trois-Etats qui ont été assignés en vertu de notre Ordonnance
du 24. Février dernier à la Requête du Procureur du Roy èsdits Siéges.

SONT COMPARUS; SAVOIR,

POUR L'ETAT ECCLESIASTIQUE, Messire Scipion - Jerôme Bégon, Evêque Comte de Toul, & en cette qualité, Seigneur Temporel Haut - Justicier des Villages composans les Châtellenies de Liverdun, Blenod, Brizey & Maizieres, par Maître Jacques de Boschenry, son Vicaire general & Official, Archidiacre & Chanoine de l'Eglise Cathedrale de ladite Ville. Les Doyen Chanoines & Chapitre de ladite Eglise Cathédrale, Seigneurs Hauts - Justiciers des Villages composans les Prévôtés de Void, Vicherey & Villey-Saint-Estienne, & Seigneurs Voüés d'Autreville, Harmonville & Punerot en partie, par Maîtres Bernard Fransquin, Archidiacre & Chanoine de ladite Eglise & Vicaire general de mondit Sieur l'Evêque, & Simon - Nicolas Pagel, Chanoine de la même Eglise. Messire Armand, Prince de Rohan Ventadour, Abbé Commendataire de l'Abbaye de Saint Epvre-lez-Toul, Seigneur haut, moyen & bas Justicier dudit lieu & de la Cense de Valcot, par Maître Louis Nancy, Avocat en Parlement, fondé de procuration. Messire Jean - François Boyer, ancien Evêque de Mirepoix, précepteur de Monseigneur le Dauphin, Abbé Commendataire de l'Abbaye de Saint Mansuy - lez - Toul, Seigneur haut, moyen & bas Justicier dudit lieu & du Ban de Longeaux, par Sebastien Bourcier, Procureur au Bailliage & Siége Présidial de Toul. Messire Jean-Joseph de Castellane, Abbé Commendataire de l'Abbaye de Saint Leon à Toul, par François Ulriot, Procureur èsdits Siéges, fondé de procuration. Les Doyen, Chanoines & Chapitre de l'Eglise Collégiale de Saint Gengoulf, par Maîtres Dominique Olry, Doyen & Chanoine, & Theodore Claude, aussi Chanoine de ladite Eglise. Le Commandeur de Libdo - lez-Toul, par Maître Pontian Dupasquier, Avocat en Parlement, fondé de procuration. Les Prieur & Chanoines Réguliers de l'Abbaye de Saint Leon par Pere Joseph Henry, Prieur des Chanoines Reguliers de ladite Abbaye. Les Prieur, Religieux & Convent de l'Abbaye de Saint Epvre, Ordre de Saint Benoît, Seigneurs fonciers du Ban de Saint Epvre, par Dom Maure Liegeois, Procureur de ladite Abbaye. Les Prieur, Religieux & Convent de l'Abbaye de Saint Mansuy, aussi Ordre de Saint Benoît, par Dom Sebastien Guillemin, Prieur de ladite Abbaye. Les Prêtres de la Congregation de la Mission, par Maîtres Pierre Thiebault & Mathieu Corbier, Prêtres de ladite Congregation. Dom Theodore

de Huz, Prieur de Saint George-lez-Toul, en perſonne. Les Prieur
Religieux & Convent de l'Ordre de Saint Dominique, par Frere Loüi
Delaby, Prieur dudit Convent. Maître Antoine Chamoy, Curé d
Blenod, en perſonne. Maître Jean-Baptiſte l'Abbé de Beaufremont, Cur
de Liverdun, par Maître Jean-Baptiſte Thiriot, Aumônier de mond
Sieur l'Evêque de Toul. Maître Quentin Huſſenot, Curé-Vicaire pe
petuel de Void, par François Ulriot, Procureur. Maître Claude Tabe
lion, Curé de Brixey, par Maître Nicolas-Claude Tabellion, Vicair
de Moyenvic. Maître Claude Henry Bralleret, Curé de Xeüilly, e
perſonne ; Maître Leopold-Bernard Watrin, Curé-Vicaire perpetu
de Vicherey, par Maître Loüis Nancy, Avocat en Parlement. Maîtr
Remy Paillé, Curé de Villey-ſaint-Etienne, en perſonne. Les Prieure
Religieuſes & Convent du grand Ordre de Saint Dominique, par led
Frere Loüis Delaby, Prieur deſdits Freres Prêcheurs de Toul. Le
Prieure, Religieuſes & Convent du Tiers-Ordre de Saint Dominique
par Mathieu Vanneſſon, Procureur audit Bailliage. Les Prieure
Religieuſes & Convent du Saint Sacrement, Ordre de Saint Be
noît, Dames Voüées de Montlétroit en partie, par Dom Sebaſtie
Guillemin, Prieur de Saint Manſuy, fondé de procuration. Les Prieure
Religieuſes & Convent de la Congregation, par Pere Antoine Dieudonn
Gand, Sous-Prieur des Chanoines Réguliers de l'Abbaye de Sain
Leon, fondé de procuration.

POUR L'ETAT DE LA NOBLESSE, Meſſire Jean-Chriſtoph
Daulnoy, Chevalier, Conſeiller du Roy en ſes Conſeils, Préſident
Mortier en ſa Cour de Parlement à Metz, Seigneur Voüé de Blenod
en totalité, & de Montletroit, Punerot, Autreville, Maizieres, Bain
ville & Xeüilly en partie, & Seigneur du Fief de Gontard à Biqueley
en perſonne.

Meſſire Loüis de la Vallée Pimodan, Chevalier, Conſeiller Chevalie
au Parlement à Metz, Lieutenant du Roy de la Ville de Toul, Lieu
tenant des Marêchaux de France, & Chevalier de l'Ordre Militaire d
Saint Loüis, par le ſieur François Merlet, Ayde-major de ladite Ville
auſſi Chevalier de l'Ordre Militaire de ſaint Loüis.

Meſſire Charles-Baltazard d'Engelgen, Chevalier, Lieutenant genera
d'Epée au Bailliage & Siége Préſidial de Toul, ancien Lieutenant co
lonel d'Infanterie, en perſonne.

Meſſire François de Leviſton , Chevalier, ancien Capitaine de Cavalerie, Chevalier de l'Ordre Militaire de ſaint Loüis, en perſonne.

Meſſire Jean-Eudes de Beaucavilliers, Chevalier, Seigneur Voüé en
partie de la Ville de Toul, en perſonne.

Elie de Joüard Dumaignon, Ecuyer, Chevalier de l'Ordre militaire
de ſaint Loüis, Major de ledite Ville de Toul, en perſonne.

Meſſire Jean de la Tour, Chevalier, ancien Capitaine de Cavalerie,
par ledit ſieur François de Leviſton. Claude Compagnot, Ecuyer, ancien
Lieutenant de Cavalerie, en perſonne. Loüis de la Payre, Ecuyer, Seigneur du Fief de Gerbaux à Liverdun, ancien capitaine de cavalerie,
Chevalier de l'Ordre militaire de ſaint Loüis, par Maître Pontian Dupaſquier, Avocat en Parlement , fondé de procuration. Dominique
Royer, Ecuyer, Conſeiller-Secretaire du Roy, Maiſon, Couronne de
France & Contrôlleur en la Chancellerie près le Parlement de Metz, à
cauſe du Fief du Poids de la Ville de Toul, Seigneur Voüé de Pierre &
de Montleſtroit en partie, en perſonne. Meſſire Nicolas-François de
Baillivy de Merigny, Chevalier, Seigneur de Houſſelemont en partie,
par Maître François Dutrait, Avocat en Parlement, fondé de procuration. Meſſire Charles-Gabriël de Mondeval, Chevalier Seigneur haut,
moyen & bas Juſticier de Meſnil-la-Tour, Brigadier des Armées du Roy,
par Sebaſtien Bourcier, Procureur audit Bailliage, fondé de procuration.
Jean-Baptiſte Leroy, Seigneur haut, moyen & bas Juſticier de Graux
en partie, lieutenant de Grenadiers au Regiment de Noailles Infanterie,
par Maître François Droüel, Avocat en Parlement. Maître Jean Salmon
de la Salle, Curé de Maizieres & de Bainville, Seigneur Voüé en partie
de la Châtellenie dudit Maizieres, par Jean-Baptiſte Pernot, Procureur
audit Bailliage. Antoine Dumeſnil de Sainte Croix, Ecuyer, Seigneur de
Seraumont en partie, en perſonne. Claude Comteſt, Ecuyer, Seigneur de
Seraumont en partie, en perſonne. Nicolas le Comte, Seigneur dud. Seraumont en partie, par Joſeph Camus, maire du même lieu. Humbert
Gerard, Seigneur de Seraumont en partie, en perſonne. Marie Pyrot,
veuve de Jean Poſtel de Cammecourt, Ecuyer, ancien capitaine de Dragons,
Chevalier de l'Ordre militare de ſaint Loüis, Dame Voüée de Puncrot
en partie, par Maître Nicolas-Chriſtophe Pyrot, Conſeiller audit
Bailliage & Siége Préſidial de Toul. Dame Eliſabeth-Marthe-Chriſtine
née Comteſſe de Lenoncourt, Veuve de Meſſire Antoine-Bernard de

Reims, Chevalier, Dame de Houſſelemont en partie, & des Fiefs ?
Voüerie de Bariſey-au-plein, par François Ulriot, Procureur aud. Bailliag
fondé de procuration. Noble Thomas Perin, Seigneur Voüé de Bariſt
la-Coſte en partie, par Jean-Baptiſte Pernot, Procureur au Bailliage
fondé de procuration. Jean Lambert Dubocquet Seigneur de la Centair
& Voüerie de Bouveron, ancien lieutenant de cavalerie, par Sebaſtie
Bourcier, Procureur audit Bailliage. Marguerite de Raguet, Veuve c
Jean de Bruyeres, Ecuyer, ancien lieutenant de Cavalerie ; Dame de
Centaine & Voüerie de Royaumeix en partie, par Alexandre de Bruyere
Ecuyer, ſon fils. François - Nicolas de la Lance, Ecuyer, Seigneur -
Fief de Chauvatel, Paroiſſe d'Ecrouve, par Mathieu Vanneſſon, Pr
cureur audit Bailliage, fondé de procuration. Maître Laurent Pillemer
Conſeiller à la Cour Souveraine de Boüillon, Seigneur Voüé de Cha
denay en partie, par Maître Pontian Dupaſquier, Avocat. Jean-Clau
Blondin de Bergemont, Ecuyer.

Sont auſſi comparus les Officiers du Bailliage & Siége Préſidial
Toul ; Sçavoir Maîtres Chriſtophe-François Lanty, Chriſtophe Loï
Pernot Préſidens au Préſidial ; Maitres Bernardin Pallas, Lieutena
General, Commiſſaire - Enquêteur - Examinateur ; Pierre Bicqueley
Lieutenant Particulier ; Maîtres Claude-Antoine de Courcelles, Nicola
Chriſtophe Pyrot, Adrien Baribant, Joſeph Henry & Chriſtophe Joſep
Lanty, Conſeillers du Roy èſdits Siéges ; Maîtres Nicolas de Maxe
Avocat du Roy, Pierre Hoüillon, Procureur du Roy & Laurent-Char
Touſſaint, auſſi Avocat du Roy aux mêmes Siéges. Et enſuite, Maître
Loüis Nancy, Pontian Dupaſquier, Charles Humbert, François Dutra
Claude Hoüillon, Laurent Blaiſin, François Droüel, Loüis Loüis, Joſe
Vautrin & Nicolas Pagel, Avocats en Parlement, exerçans èſd
Siéges ; Maîtres Jean Aubert, Jean-Baptiſte Pernot, Pierre Regnaul
Mathieu Vanneſſon, Sebaſtien Bourcier, François Ulriot & Chriſtoph
François Bourcier, Procureurs ès mêmes Siéges.

Sont encore comparus les Officiers de l'Hôtel Commun de ladite Vil
Sçavoir, Maître Pierre Michel, Maire perpetuel, Maître Didier Mor
Lieutenant general de Police & Procureur Syndic ; Maître Charles-Fra
çois Bicquilley, Lieutenant general de Police honoraire, Loüis Ba
Aſſeſſeur & Echevin, Laurent Virla, Echevin, Lamy Gaillepand, Aſſ
ſeur & Echevin, & Joſeph Glanouze. Controlleur.

E

ET POUR LE TIERS-ETAT. Les Bourgeois, Habitans & Communauté de la Ville de *Toul*, par Maîtres Jean Olry, Charles Pillement, Felix Déguilly, Avocats en Parlement; Etienne Aubert, Notaire Royal; Charles-Remy Fagel, Marchand & Changeur; Joseph Cambray, ancien Echevin & Charles Liouville, marchand. Les Habitans & Communauté de *Saint Epvre-lez-Toul*, par Loüis Lallemand, Maire, & Nicolas Prevoft, Syndic. Les Habitans & Communauté du Faubourg de *Saint Manfuy*, par Jean Chenot, Syndic. Les Habitans & Communauté de la Ville de *Liverdun*, par Jean Serrier, Maître-Echevin; les habitans du Bourg de *Blenod*, par François Bouchon, Maire, & Alexis Barbillon, Syndic; les habitans de *Gye*, par Nicolas Mangeot, Maire & Nicolas Jeannot, Syndic; les habitans de *Bicqueley*, par François Poirot, Maire; les habitans de *Chaudeney*, par Mathias Bontemps, Maire; les habitans de *Pierre*, par Jean Thiriet, maire; les habitans d'*Ecrouves & Grand-Mefnil*, par Jean Goyard, maire & Nicolas Simon, fyndic; les habitans de *Brixey*, par Joseph Moyaux, maire; les habitans de *Sauvigny*, par Etienne Vincent, maire; les habitans de *Champougney*, par Humbert Saleur, maire & Jean Mourot, fyndic; les habitans de *Sepvigny*, par Jean Saleur, maire & François Henry, Lieutenant de maire; les habitans de *Montleftroit*, par François Thouvenot, maire; les habitans de *Punerot*, par Dominique Mangeot, maire & François Marchal, fyndic; les habitans d'*Autreville*, par Gerard Olry, maire & Regnault Jaillot, fyndic; les habitans d'*Harmonville*, par Henry Mangeot, maire; les habitans de *Barifey-au-plein*, par Sebaftien Henry, maire & Dominique Tabellion, fyndic; les habitans de *Barifey-la-Cofte*, par Sebaftien Champougney, maire; les habitans d'*Allamp*, par Dominique Godfrin, maire; les habitans de *Maizieres*, par Jean Voirand, maire; les habitans de *Bainville*, par François Petit, maire; les habitans de *Xeuilly*, par Charles Bonneau, maire; les habitans de *Jaillon*, par François Perin, maire; les habitans de *Royaumeix*, par François Cardin, maire; les habitans de *Bouveron*, par Nicolas Thouvenot, maire; les habitans du Bourg de *Vicherey*, par Maurice Lenfant, maire; les habitans de *Maconcourt*, par Vincent Charpentier, habitant; les habitans de *Pleuvefain*, par Pierre Cochinaire, lieutenant de maire; les habitans de *Beuvezain*, par Nicolas Dillet, fyndic; les habitans de *Tramon-la-fus*, par Jean Charot, fyndic.

G

les habitans de *Tramon-Emy*, par Jean Regnault, habitant; les habitans de *Tramon-Saint-André*, par Michel Claudel, lieutenant de maire; les habitans de *Soncourt*, par Nicolas Thiery, syndic; les habitans d'*Aroffes*, par Ferdinand Pierredon, syndic; les habitans de *Tranqueville*, par Simon Blandin, syndic; les habitans du *Bourg de Voia* par Me. Charles-Chriftophe Aubriot, Avocat en Parlement, fondé de procuration; les habitans de *Wacon*, par Jean Berard, maire; les habitans de *Bovée*, par Joseph Petit, habitant; les habitans de *Naiv en Blois*, pour la partie qui eft du reffort dudit Bailliage, par Antoine Baugelot, lieutenant de maire; les habitans de *Trouffey*, par Chriftophe Laurent, habitant; les habitans d'*Ourches* pour la partie qui eft du reffort dudit Bailliage, par Claude Paget, maire; les habitans de *Pagney-fur-Meufe*, par Jean-Baptifte Raguet, maire; les habitans de *Trondes*, par Claude Mercier, maire; les habitans de *Villey-Saint-Eftienne*, par François André, maire; les habitans de *Francheville* par Antoine René, maire; les habitans de *Lucey*, par Claude Gregoire maire & Chriftophe Miraudier, syndic; les habitans de *Lagney*, par Claude Huffon, maire; les habitans de *Menillot*, par Claude Haffour maire; les habitans de *Dommartin*, par Joseph Burnot, maire; les habitans de *Seraumont*, par Joseph Camus, maire; les habitans d'*Houffelemont*, par Charles Guillaume, maire; les habitans de *Graux* par Pierre Meunier, maire; les habitans de *Mefnil-la-Tour*, par Jean George, syndic; le Fermier de la Cenfe de *Libdo*, & Jean Mercier, maire de la Seigneurie du Chapitre de ladite Cathédrale à *Euruffe* réfident au moulin dudit lieu.

EN PROCEDANT à l'apel defdites Perfonnes affignées & comparantes, a été fait par aucunes d'elles les remontrances & proteftation qui fuivent; SAVOIR,

PAR les Chanoines Réguliers, a été remontré qu'ayant la préféance fur les Benedictins de faint Epvre & de faint Manfuy, & étant fondé en Arrêts du Parlement de Metz du 8. Octobre 1640. fignifié les 15. & 17. Novembre de la même année, & du Grand Confeil du 17. Janvier 1645. auffi fignifié le 6. Juillet fuivant, ils n'ont pû être apellés après lefdits Benedictins, que par erreur.

ET par lefdits Dom Liegeois & Guillemin pour les Religieux de faint Epvre & de faint Manfuy, a été foûtenu que leur Ordre ayant été aprouvé par le saint Siége avant celuy des Chanoines Réguliers de saint Augustin, & les premiers établis ès Fauxbourgs de cette Ville, ils devoient avoir la préféance.

SUR quoi vû lesdits Arrêts, Nous avons ordonné que lesdits Chanoines Réguliers seront dénommés au présent Procès-Verbal, & auront séance avant lesdits Benedictins; ce qui a été exécuté à l'instant.

PAR lesdits Mes. Olry & Claude a été dit, que les Doyen, Chanoines & Chapitre de la Collegiale de saint Gengoulf étant en possession, soit en Corps ou par Députés, de suivre immédiatement le Chapitre de la Cathédrale ou ses Députés, ils auroient dû être apellés avant les Abbés, sur lesquels ils ont demandé la préféance.

ET par ledit Me. Nancy & lesdits Bourcier & Ulriot pour lesdits Abbés, a été soûtenu que la préféance leur étoit dûë.

PAR ledit Me. Nicolas-Claude Tabellion, pour les Curés, & par lesdits Mes. Thiebault & Corbier pour les Prêtres de la Congrégation de la Mission, a été aussi prétendu qu'ils devoient avoir rang & séance avant tous les Réguliers; à quoy lesdits Réguliers se sont oposés.

PAR ledit Me. de Boschenry, pour mondit sieur l'Evêque, a été protesté que la qualité de Seigneur Haut-Justicier (de la Prévôté de Villey-Saint-Estienne) prise par ledit Chapitre de la Cathédrale, en ce qui concerne le Village de *Lucey* seulement, ne pourra préjudicier aux droits & possessions où il est, d'avoir un sujet son justiciable au même lieu, nommé communément le maire de Fuers & des possessions & droits reservés par l'acte d'aliénation de la Seigneurie; & que toutes autres qualitez qui pourroient avoir été prises contre ses droits, ne pourront lui nuire ny préjudicier, & par lesdits Mes. Fransquin & Pagel pour ledit Chapitre de la Cathédrale, a été protesté au contraire en ce qui regarde le maire & les droits prétendus par mondit sieur l'Evêque audit lieu de *Lucey.*

PAR ledit Me. Nancy, pour l'Abbé de Saint Epvre, a été formé oposition à la qualité de Seigneur Foncier du Ban dudit Saint Epvre, prise par les Prieur & Religieux de la même Abbaye, & par ledit Dom Liegeois pour lesdits Prieur & Religieux, a été protesté au contraire, se disans fondés en Arrêts.

PAR ledit sieur d'Engelgen, a été formé oposition, à ce que ledit Compagnot prît séance & fût denommé dans l'Etat de la Noblesse, ne

G 2

le connoiſſant pas pour Gentil-homme ny poſſeſſeur d'aucune Seigneurie, Fief ou Voüërie dans le reſſort dudit Bailliage.

ET par ledit Compagnot a été répondu que ſa nobleſſe étoit connuë, & qu'il étoit en état de la juſtifier.

PAR les Officiers de l'Hôtel Commun de ladite Ville de Toul, a été remontré que le Clergé & la Nobleſſe, n'ayant ny droit ny poſſeſſion de ſe trouver aux Aſſemblées generales ou particulieres qui ſe tiennent audit Hôtel Commun, ils croyoient pour prévenir toutes difficultés devoir demander Acte de la proteſtation qu'ils faiſoient, que l'aſſiſtance & comparution de ces deux Etats à la préſente Aſſemblée ne pourra tirer à conſéquence, nuire ni préjudicier aux droits de ladite Ville.

ET enfin par Me. de Maxey, Avocat du Roy, pour led. Procureur du Roy, a été pareillement requis & demandé acte, que les titres & qualitez inſerées au préſent Procès-Verbal, & qui peuvent avoir été induëment priſes par aucuns des comparans, ne pourront nuire ny préjudicier aux droits du Roy, tirer à conſéquence, ny paſſer pour avoüées & reconnuës.

DE toutes leſquelles remontrances & proteſtations, Nous avons donné acte aux Parties, pour leur ſervir & valoir ce que de raiſon, & ordonné que les procurations repreſentées demeureront jointes au préſent Procès-Verbal.

ONT été auſſi apellés les cy-après nommés qui ne ſont comparus ny Procureur pour eux : Sçavoir, Jean l'Abbé, Ecuyer, Seigneur de Seraumont en partie ; Etienne le Liepvre, Ecuyer, Commiſſaire ordinaire des Guerres, Seigneur du Fief de Fontenel à Chaudeney ; la Dame de Mommain Doüairiere, Dame en partie de Graux & de Seraumont ; la Dame de Marmiere Doüairiere, Dame en partie dudit Seraumont, & d'Hennezey, Seigneur Voüé, en partie de Punerot.

CONTRE tous leſquels, Nous, ce requerant ledit Procureur du Roy, avons donné défaut, & pour le profit, ordonné que nonobſtant leur abſence, il ſera par Nous procedé à ladite vérification & rédaction.

ET à cet effet, Nous avons pris & reçu le ſerment deſdits comparans de bien & fidellement, & en leur conſcience Nous raporter ce qu'ils ont vû garder & obſerver deſdits Uſages, & ce qu'ils en ſçavent ; comme auſſi de Nous dire leurs avis ſur ce qu'ils eſtimeront devoir y être changé, corrigé, augmenté ou diminué, pour y être par Nous pourvû au deſir deſdites Lettres Patentes.

CE fait, Nous avons fait faire lecture du Cahier defdits Ufages par Nous dreffé fur les Obfervations & Mémoires à Nous envoyés par les Officiers dudit Bailliage & Siége Préfidial.

LORS de laquelle lecture, fur le III. Article, portant que les Fiefs ne font fujets au Retrait Féodal, ledit Me. de Bofchenry pour mondit fieur l'Evêque, a déclaré qu'il s'opofoit à la rédaction dudit Article, & qu'il feroit voir en tems & lieu que le retrait féodal eft d'ufage dans le Pays Toulois, à laquelle opofition ont adheré lefdits Mes. Franfquin & Pagel, pour le Chapitre de ladite Cathédrale.

ET par ceux de l'Etat de la Nobleffe, les Officiers du Bailliage & Siege Préfidial, les Avocats & Procureurs, les Officiers de l'Hôtel de Ville & le Tiers-Etat, a été protefté au contraire & unanimement foûtenu que ledit retrait féodal n'a lieu & n'eft pas d'ufage.

SUR quoi Nous avons donné acte defdites opofitions & proteftations, & néanmoins ordonné que ledit Article demeurera écrit pour Ufage Local, fans préjudice de ladite opofition,

SUR le X. Article ledit Me. de Bofchenry, pour mondit fieur l'Evêque, lefdits Mes. Franfquin & Pagel pour le Chapitre de ladite Eglife Cathédrale & les Députés des autres Corps Ecclefiaftiques, Séculiers & Réguliers, a été dit & déclaré que la derniere partie de cet Article contenant ces mots (fi le contraire n'eft prouvé par titre) renferme une maxime jufqu'à prefent inconnuë dans le Pays Toulois, où lorfqu'il s'eft agi de Cens, fervitudes, charges, redevances & preftations feigneuriales ou foncieres, la preuve de la poffeffion de tems fuffifant à prefcrire a toûjours été admife fans aucun titre, pourquoi ils fe font opofés à la rédaction dudit Article, demandant qu'il fût ajoûté après le mot de titre, les termes, ou poffeffion de tems fuffifant à prefcrire.

ET par ceux de l'Etat de la Nobleffe, les Officiers du Bailliage & Siege Préfidial, les Avocats & Procureurs, les Officiers de l'Hôtel de Ville & le Tiers-Etat, a été dit & foûtenu que ledit Article eft abfolument conforme à l'ufage; mais qu'attendu la difpofition de l'Edit du mois d'Avril 1695. ils déclaroient reconnoître que ledit Article ne doit s'entendre à l'égard du Clergé que dans le fens, & rélativement à l'Article XLIX. dudit Edit.

SUR quoy Nous avons donné acte aux Opofans de leurs opofitions & demandes, & fans y préjudicier, fous le merite defdites declarations

& reconnoiffances, avons ordonné que ledit Article X. fubfiftera &
demeurera écrit pour Ufage Local fans aucune addition.

Sur le XXIX. Art. a été convenu & accordé qu'à l'avenir il ne fuffir
à la femme lors de la diffolution de la communauté de s'en abftenir; ma
qu'il faudra une renonciation expreffe, à l'effet de pouvoir reprend
fes propres, être exempte des dettes de la communauté, & indemnifé
de celles aufquelles elle auroit pû s'être obligée.

Sur le LIX. Article a été accordé par ceux de l'Etat de la Nobleffe
les Officiers du Bailliage & Siége Préfidial, les Avocats & Procureurs
les Officiers de l'Hôtel de Ville & le Tiers-Etat, qu'à l'avenir on n
pourra plus difpofer par Teftament ou Ordonnance de derniere volont
de fes meubles & effets mobiliers, qu'à l'âge de feize ans accomplis
& de fes immeubles, qu'à l'âge de vingt ans auffi accomplis; & pa
ceux de l'Etat Ecclefiaftique, a été remontré qu'étant permis de difpof
de fa perfonne à l'âge de feize ans, & faire vœux de Religion, il do
auffi être libre de difpofer de tous fes biens audit âge, & ont confen
que celuy pour tefter, fût indiftinctement fixé pour les meubles & le
immeubles à feize ans.

Sur quoy Nous avons ordonné que ledit article demeurera écrit pou
nouvelle difpofition coûtumiere, & que ceux dudit Etat Eccléfiaftiqu
auront acte de leur remontrance, & d'icelle fait mention au préfer
Procès - Verbal.

Le LX. a été unanimement accordé pour nouvelle difpofition coû
tumiere.

Sur le CXLII. Article, a été dit & remontré par ledit Maitr
Charles - Chriftophe Aubriot, pour les habitans du Bourg de Void
qu'il n'y a aucun parcours entr'eux & ceux des Communautés de Trouffe
& de Wacon, ce qui a été avoüé & reconnû par ledit Chriftoph
Laurent, pour les habitans de Trouffey, & par ledit Jean Berard, pou
ceux de Wacon.

Sur quoy Nous avons donné acte defdites remontrances, aveux &
reconnoiffances, & en confequence ordonné que lefdits habitans d
Void, Trouffey & Wacon demeureront refpectivement exceptés de l
difpofition dudit Article, nonobftant lequel il en fera ufé entr'eu
comme du paffé.

Sur le CXLIV. Article, a été accordé qu'à l'avenir le vain

pâturage dans les prez finira indiſtinctement dans tout le reſſort dudit Bailliage au vingt-cinq Mars de chacune année.

LE CXLV. & le CLX. accordés pour nouvelle diſpoſition coûtumiere.

LE Cahier deſdits Uſages ayant été lû, Nous avons enjoint à tous les comparans de ſe repreſenter au même lieu le Lundy vingt-troiſiéme du préſent mois, huit heures du matin, pour en leur préſence être fait lecture du préſent Procès-Verbal & deſdits Uſages, leſquels pendant ce tems feront mis au net.

ET avenû ledit jour vingt-troiſiéme Avril, Nous nous ſommes transporté audit Hôtel de Ville, où Nous avons trouvé les Trois-Etats aſſemblés, en préſence deſquels Nous avons fait faire par ledit Me. Dominique Bocquel lecture de tout ce deſſus, pendant laquelle ledit Me. de Boſchenry pour mondit ſieur l'Evêque a dit & remontré ſur le LV. Article, qu'étant d'uſage que les Curés des Paroiſſes du reſſort dudit Bailliage reçoivent en tous tems les Teſtamens; on n'a dû les reſtraindre à les recevoir ſeulement en tems de peſte & de maladie épidémique, pourquoy il proteſtoit contre ledit article, à laquelle proteſtation ont adheré leſdits Mes. Franſquin & Pagel pour ledit Chapitre de la Cathédrale, de même que les Députés des autres Corps Eccléſiaſtiques.

Et par l'Etat de la Nobleſſe, les Officiers du Bailliage & Siége Préſidial, les Avocats & Procureurs, les Officiers de l'Hôtel de Ville & le Tiers-Etat, a été dit que ledit article eſt rédigé ainſi qu'il a été accordé après mure délibération lors de la premiere lecture du Cahier, & partant qu'il devoit ſubſiſter.

SUR quoy Nous avons ordonné que ledit article demeurera ainſi qu'il a été cy-devant conſenti & accordé, & que ledit Etat Eccléſiaſtique aura acte de ſa remontrance & proteſtation.

CE fait ledit Me. Nicolas de Maxey pour ledit Procureur du Roy, Nous a requis luy être donné acte de ce qu'à l'exception des articles

Nota. Les Articles LV. LIX. LX. CXLII. CXLIV. CXLV. & CLX. du préſent Procès-Verbal, ſont les LVIII. LXII. LXIII. CXLIV. CXLVI. CXLVII. & CLXI. des Lettres Patentes cy - deſſus.

III. X. & LV. contre lesquels il a été formé des protestations par l'Etat Ecclésiastique, lesdits trois Etats ont consenti & accordé lesdits Usages Locaux, ainsi qu'ils sont rédigés, & ont acquiescé pour l'avenir à l'exécution des nouvelles Dispositions Coûtumieres dont est fait mention au présent Procès-Verbal; pour le tout être sous le bon plaisir du Roy autorisé & decreté par Lettres Patentes de Sa Majesté, & en consequence dorénavant gardés & observés comme Loix & Edit perpétuel, lequel acte Nous luy avons accordé.

ET de tout ce que dessus Nous avons dressé le présent Procès-Verbal audit Hôtel Commun de ladite Ville de Toul, les jour, mois & an susdits, & ont signés.

www.ingramcontent.com/pod-product-compliance
Lightning Source LLC
Chambersburg PA
CBHW061650180626
46818CB00003B/1041